LA... SOTTISE ?

Né en 1921, docteur en philosophie et en psychologie, Lucien Jerphagnon est l'un des disciples de Vladimir Jankélévitch. Écrivain, historien français de la philosophie, spécialiste de la pensée grecque et romaine, professeur émérite des universités, il est l'un des membres fondateurs du Centre international d'études platoniciennes et aristotéliciennes d'Athènes. Plusieurs de ses ouvrages ont été récompensés par l'Académie française et par l'Académie des sciences morales et politiques. Il est décédé en septembre 2011.

LUCIEN JERPHAGNON

La… sottise ?

(Vingt-huit siècles qu'on en parle)

ALBIN MICHEL

ISBN : 978-2-253-17417-2 – 1ʳᵉ publication LGF

Pour Ariane et Jean-Paul.

© Éditions Albin Michel
ISBN : 978-2-253-17417-2 – 1ʳᵉ publication LGF

« Le temps ne fait rien à l'affaire [...]
Petits cons d'la dernière averse
Vieux cons des neiges d'antan... »

Georges BRASSENS,
« Le temps ne fait rien à l'affaire » (1962).

Avant-propos

D'un bout à l'autre de l'Histoire, il se sera trouvé des gens, et non des moindres, pour dénoncer, disons, la sottise, même si c'est un autre mot qui nous vient à l'esprit. On en respire la présence partout et toujours dans l'air du temps. Une présence atmosphérique, en quelque sorte. On en vitupère les auteurs, on en déplore les ravages, on en recherche les causes. Certains même se sont montrés curieux de ses origines : Aristote la suppose contemporaine de ce qu'aujourd'hui nous nommons la préhistoire, tandis que saint Augustin y voit la conséquence du péché d'Adam. À considérer pareille profusion de jugements, on serait tenté d'adopter la position qu'on prête à Raymond Aron, dont Mathurin Maugarlonne disait qu'« il a reconnu la bêtise comme facteur déterminant de l'Histoire ».

La hantise que révèlent tant et tant d'affirmations, qui toutes se donnent pour autant d'évidences, finit par intriguer, et cela d'autant plus que l'idée qu'on s'en fait reste vague. Aussi aimerait-on savoir ce qu'il y a là-dessous. Quelles attentes déçues trahit cette obsession ? À tenter d'en préciser le sens, peut-être en saurait-on un peu plus sur ce qu'à travers les âges et de par le monde on a mis sous l'idée d'homme, bien vague elle aussi. Y voir plus clair, ou simplement y regarder de plus près me tentait depuis longtemps, et pour bien des raisons.

Et d'abord, dressé depuis l'enfance à redouter de « faire des bêtises », et depuis l'école primaire d'alors de « dire des âneries », je suis resté attentif au risque de ces faux pas. Il n'est pas prudent d'être sûr de soi. Quand par hasard on se sent tel, c'est alors que la gaffe n'est pas loin. Crainte infantile de la réprimande ? Peut-être, mais plus encore la hantise d'attirer la moquerie apitoyée qui, dans le Bordeaux de ma jeunesse, faisait dire : « Untel ? Il est bien brave… », autrement dit « un peu couillon ». Par la suite, le genre de travail qui fut le mien n'a fait qu'alourdir le souci : surtout ne pas me tromper, car alors je tromperais les autres. Et puis, toujours la *phronèsis* de mes chers Grecs : la conscience de ses limites, « Connais-toi toi-même », autrement dit : « Ne souffle pas plus haut que tu n'as l'esprit. » Enfin, être historien de la philosophie, c'est regarder penser des gens qui ne sont plus de ce monde. C'est tenter de comprendre et de faire comprendre ce qu'ils ont dit, ce qu'ils ont écrit à ce moment-là d'une époque qui avait sa manière bien à elle de penser, de dire et d'écrire.

Et c'est ainsi que, cherchant tout autre chose dans les bibliothèques, je découvrais au fil des pages la présence lancinante de la sottise. On l'évoquait au détour d'un paragraphe ; on y revenait un peu plus loin à propos d'autre chose. Stupéfait, je la trouvais là, partout et toujours, dans l'espace comme dans le temps, chez les auteurs les plus divers : Hébreux des âges bibliques, Grecs des temps homériques, Romains de la République ou de ce que nous appelons l'Empire, poètes italiens du Moyen Âge, érudits français de la Renaissance, romanciers contemporains de Napoléon III, journalistes de nos républiques.

Dès lors, s'étonnera-t-on que tant et tant d'allusions à la sottise m'aient suggéré l'idée d'une enquête ? Amusé, j'en rêvais parfois. On en définirait alors la nature ; on s'interrogerait sur ses causes, ses effets, et dans tous les domaines où on la voit sévir. Quoi encore ? On en raconterait l'histoire… Beau volume en perspective. Mais ce qui primait, à mes yeux, c'était de découvrir sur quel trajet de l'humaine conscience, individuelle et collective, pouvait bien surgir l'épithète dont on qualifie un individu à partir de ce qu'il vient de dire ou de faire, en tout cas de dire ou de faire autrement que nous ne l'aurions pensé. Oui : « Quel idiot ! Quel imbécile ! Quel… », car « les mots pour le dire arrivent aisément ».

En somme, c'était à une phénoménologie de la sottise, si l'on s'en tient à ce seul mot, que je songeais. Il m'était d'ailleurs arrivé d'écrire deux articles, l'un sur les imbéciles dans les *Dialogues* de Platon, l'autre sur le nombre incroyable d'allusions à la bêtise qu'on trouve dans l'œuvre de saint Augustin.

L'âge venu, un livre de plus, et qui ne s'annonçait pas mince, m'effrayait. Restait alors le florilège, procédé dont j'avais du reste usé une fois ou l'autre. J'y présenterais les fruits de cette cueillette au long de vingt-huit siècles. Ce serait donc à chacun de s'en faire une idée. C'est finalement à quoi je me risque dans ces quelques pages. Heureux serais-je si j'avais éveillé chez de plus jeunes chercheurs l'impatience d'en dire plus et mieux.

Avant-propos

Consacrer un livre à la sottise expose de toute évidence l'auteur à quelques sarcasmes universitaires. On lui appliquera, c'est bien sûr, le mot de Talleyrand à propos du mépris que Fouché disait vouer à la nature humaine : « C'est qu'il se sera beaucoup observé… » De fait, je me suis beaucoup observé. C'est même la chance que je souhaite à tout un chacun : *Gnôthi seauton*, dit l'oracle de Delphes. Car, dit La Bruyère, « il n'y a rien qui rafraîchisse le sang comme d'avoir su éviter de faire une sottise ».

I

Les sots seraient-ils si nombreux ?

Toujours est-il que beaucoup l'ont pensé tout au long des siècles, et ils ne se sont pas gênés pour le dire. À lire ce qui va suivre, on sera tenté d'appliquer à la sottise ce que José Saramago dit de la méchanceté : « Mauvais, les hommes le sont tous ; la différence réside seulement dans la manière de l'être. » Du coup, ne faudrait-il pas en conclure que les gens malins sont décidément l'exception ? Ce qui, bien sûr, fait naître quelque inquiétude sur notre propre nature…

« C'est, en effet, une famille innombrable, celle des imbéciles… »

Simonide,
cité par Platon, *Protagoras*, 346 c.

*

« Mais la Sagesse, où peut-on bien la trouver ?
Où donc est la demeure de l'intelligence ?
Les hommes ignorent à quel prix l'estimer,
Car elle est introuvable au pays des vivants.
Le grand Océan dit : Elle n'est pas ici,
Et la Mer à son tour : Elle n'est pas chez moi. »

Job, XXVIII, 12-14.

*

La… sottise ?

« Innombrable est le peuple des sots. »

Ecclésiaste, I, 15.

*

« "La douceur de la parole, la souplesse des corps" (*Odyssée*, I, 392) : si nous voyons là des biens, alors, qu'y aura-t-il dans les graves pensées du philosophe qui soit supérieur en noblesse à ce qu'on voit dans les opinions du vulgaire et dans la foule des sots ? »

Cicéron,
Tusculanes, V, 16.

*

« Ô misérables esprits des hommes, ô cœurs aveugles ! »

Lucrèce,
De la nature, II, 14.

*

« Seul un petit nombre, qui avait quelque profondeur de raisonnement… »

Appien,
Les Guerres civiles à Rome, III, 6.

*

Les sots seraient-ils si nombreux ?

« Immense est la foule des imbéciles. »

Saint Augustin,
Contre les Académiciens, I, 1-2.

*

« La plupart des humains sont des idiots. Ça aussi on le sait. »

Saint Augustin,
Le Libre Arbitre, I, 8, 19.

*

« En effet, les gens à l'esprit traînant constituent la grande masse. »

Saint Augustin,
La Dimension de l'âme, XII.

*

« Valeureuses dames, s'il n'était pas plus malaisé aux hommes de montrer leur sagesse et leur vertu qu'il ne l'est de prouver leur sottise, c'est en vain que beaucoup de gens s'efforceraient de contrôler leurs propos. »

Boccace,
Décaméron, 9e journée, 4e nouvelle.

*

« Or, il n'y a guère que du vulgaire dans le monde, et le petit nombre d'esprits pénétrants qui s'y rencontre ne dit ce qu'il entrevoit que lorsque le grand nombre de ceux qui ne le sont point ne sait plus à quoi s'en tenir… »

Machiavel,
Le Prince, XVIII.

*

« Amys, vous noterez que par le monde y a beaucoup plus de couillons que d'hommes, et de ce vous soubvienne ! »

Rabelais,
Le Cinquième Livre, VIII.

*

« Compare au sage la tourbe des hommes, stupide, basse, servile, instable et continuellement flottante en l'orage des passions diverses qui la poussent et la repoussent. »

Montaigne,
Essais, I, 42.

*

« On a rarement à traiter avec des personnes parfaitement raisonnables. »

Descartes,
lettre à Élisabeth, mai 1646.

*

« Presque tous les hommes sont médiocres et superficiels pour le mal comme pour le bien. »

Fénelon,
Lettre à l'Académie, VIII.

*

« La foule est incapable de percevoir les vérités un peu profondes. »

Spinoza,
lettre à Guillaume de Blyenbergh,
décembre 1664.

*

La… sottise ?

« Il n'y aura jamais que le petit nombre d'éclairé et de sage. »

Voltaire,
lettre à M. Damilaville, avril 1766.

*

« Voltaire : "Tous les siècles se ressemblent par la méchanceté des hommes." (J'ajoute : et par leur sottise.) »

Schopenhauer,
Petits écrits français.

*

« L'humanité est, en majeure partie, composée de scélérats inconscients et d'imbéciles qui ne se rendent même pas compte de la portée de leurs fautes. Ceux-là, leur parfaite incompréhension les sauve. Quant aux autres qui se putréfient en sachant ce qu'ils font, ils sont évidemment plus coupables, mais la société qui hait les gens supérieurs se charge, elle-même, de les châtier (…). Alors, il y a tout avantage à être un imbécile, car on est épargné sur la terre et au ciel. »

Joris-Karl Huysmans,
En route.

*

Les sots seraient-ils si nombreux ?

« Chaque fois que quelqu'un regarde les choses d'une façon un peu nouvelle, les quatre quarts des gens ne voient goutte à ce qu'il leur montre. »

Marcel Proust,
Le Côté de Guermantes.

*

« Le seul fait que la bêtise soit pour beaucoup d'hommes la seule façon d'être innocent prouverait déjà la misère de notre condition. »

Vladimir Jankélévitch,
Le Pardon.

*

« Cette vaste république des sots dont Trissotin est citoyen d'honneur… »

Vladimir Jankélévitch,
Traité des vertus, III.

*

« La plupart des hommes sont de pauvres déments terrorisés par les fantômes qu'ils ont enfantés, incapables qu'ils sont de maîtriser leurs propres fièvres, génératrices de tous ces absolus grotesques qui peuplent les âmes et embrouillent incurablement la vie en commun. »

Emil Cioran,
Exercices négatifs.

II

La sottise est chez elle
dans tous les milieux

L'opinion, on l'aura remarqué, cantonne spontanément la sottise dans les couches sociales estimées inférieures : chez ceux que les Romains groupaient sous le mot de *vulgus*, ou que le Moyen Âge appelait « les simples », et que les temps postnapoléoniens désignaient comme « les obscurs, les sans-grade ». Il semble pourtant que depuis toujours, une vision plus nuancée des choses en ait retenu plus d'un d'absolutiser cette pseudo-hiérarchie de l'intelligence selon le milieu. Pas de doute : de la sottise, aucun milieu ne serait exempt.

« Ce blablabla boursouflé de formules creuses ne leur servira qu'à se croire tombés sur une autre planète lorsqu'ils iront plaider au Forum. »

Pétrone,
Satiricon, I, 1.

*

« Demonax conseillait à un rhéteur qui avait fait une fort mauvaise déclamation de travailler et de s'entraîner. L'autre répondit : "Je ne cesse de me parler à moi-même. – Alors, dit Demonax, il est normal que tu parles de cette façon, si tu as un auditeur aussi stupide…" »

Lucien de Samosate,
Vie de Demonax, 36.

*

La… sottise ?

« Qu'ils sont donc mesquins, ces pygmées qui jouent les politiques, et qui se figurent agir en philosophes… Petits morveux ! »

Marc Aurèle,
Pensées, IX, 29.

*

« Il ne saurait exister pour les cités plus grand malheur que la force dépourvue d'intelligence. »

Synésios de Cyrène,
Discours à Paionios, II, 5.

*

« Frappait-on à la porte d'Anselme de Laon pour le consulter sur une question douteuse, on revenait avec plus de doutes encore. Il était, certes, admirable devant un auditoire muet, mais se montrait nul dès qu'on l'interrogeait. »

Abélard,
Histoire de mes malheurs.

*

« À présent, ils veulent qu'on les aide
Ici et là, les modernes pasteurs, et qu'on les mène (en voiture)

Tant ils sont lourds, et qu'on les soulève par-derrière.

Ils couvrent de leurs capes leurs palefrois,

Si bien que deux bêtes vont dans une seule peau.

Ô patience de Dieu, qui supporte tout ! »

> Dante, « Le Paradis »,
> *La Divine Comédie*,
> XXI, 130-135.

*

« Mais il faut savoir qu'il y a parmi les princes comme parmi les autres hommes trois sortes de cerveaux. Les uns imaginent par eux-mêmes ; les seconds, peu propres à inventer, saisissent avec sagacité ce qui leur est montré par d'autres, et les troisièmes ne conçoivent rien, ni par eux-mêmes ni par les raisonnements d'autrui. Les premiers sont des génies supérieurs ; les seconds d'excellents esprits ; les troisièmes sont comme s'ils n'existaient point. »

> Machiavel,
> *Le Prince*, XXII.

*

« Saint Thomas voulait que les anges différassent tous d'espèces et il les a ainsi décrits chacun dans leur particulier comme s'il avait été au milieu d'eux, d'où il a acquis le nom et la gloire de Docteur Angélique ; mais bien qu'il ne se soit peut-être nulle part ailleurs donné plus de mal, nulle part il n'est plus inepte. »

Descartes,
Entretien avec Burman.

*

« Mon révérend père, parce que j'ai encore reçu vos lettres, où vous me menacez de m'envoyer des écrits de Roberval, j'ai pensé vous devoir encore écrire ce mot, pour vous dire que j'estime si peu tout ce qui saurait venir de lui que je ne crois pas qu'il vaille le port, et que je vous supplie très humblement de ne jamais rien m'envoyer de sa part ; je n'ai point tant de curiosité pour voir des sottises. »

Descartes,
lettre au père Mersenne, 12 octobre 1646.

*

La sottise est chez elle dans tous les milieux

« M. l'évêque de Beauvais, plus idiot que tous les idiots de votre connaissance, prit la figure de premier ministre. »

Cardinal de Retz,
Mémoires.

*

« Qu'est-ce qu'un livre périodique ? Un ouvrage éphémère, sans mérite et sans utilité, dont la lecture, négligée et méprisée par des gens de lettres, ne sert qu'à donner aux femmes et aux sots de la vanité sans instruction… »

Rousseau,
lettre à Vernes, 2 avril 1755.

*

« Mais quand, après avoir barbouillé du papier, j'étais bien sûr, même en disant des sottises, de n'être pas pris pour un sot… »

Rousseau,
lettre à M. de Malesherbes, janvier 1762.

*

La… sottise ?

« Je ne connais rien de plus servile, de plus méprisable, de plus lâche, de plus borné qu'un terroriste. »

Chateaubriand,
Mémoires d'outre-tombe.

*

« Madame la Dauphine avait dû nécessairement nourrir à mon égard les préjugés de ce troupeau d'antichambre, au milieu duquel elle vivait : la famille royale végétait isolée dans cette citadelle de la bêtise et de l'envie, qu'assiégeaient, sans pouvoir y pénétrer, les générations nouvelles. »

Chateaubriand,
Mémoires d'outre-tombe.

*

« Ce gentilhomme était un de ces petits esprits, doucement établi entre l'inoffensive nullité qui comprend encore et la fière stupidité qui ne veut ni rien accepter, ni rien rendre. »

Balzac,
Les Illusions perdues.

*

La sottise est chez elle dans tous les milieux

« (Gringoire) estimait qu'il n'est rien de tel que le spectacle d'un procès criminel pour dissiper la mélancolie, tant les juges sont ordinairement d'une bêtise réjouissante. »

Victor Hugo,
Notre-Dame de Paris, VIII, 1.

*

« TURELURE : Est-ce ma faute si je suis pair de France, et comte, et maréchal, et grand officier de je ne sais quoi, et président de ça, et ministre de ceci, et le diable sait quoi ! Croyez-vous que je n'aimerais pas mieux autre chose ? Ce n'est pas moi qui suis fort et méritant, c'est les autres qui sont si bêtes et si tristes, et qui vous donnent tout avant qu'on leur demande ! »

Paul Claudel,
Le Pain dur, I, 3.

*

« Car le médecin étant un compendium des erreurs successives et contradictoires des médecins, en appelant à soi les meilleurs d'entre eux on a grande chance d'implorer une vérité qui sera reconnue fausse quelques années plus tard. De sorte que croire à la médecine serait la suprême folie, si n'y pas croire n'en était pas une plus grande, car de cet amoncellement d'erreurs se sont dégagées à la longue quelques vérités. »

Marcel Proust,
Le Côté de Guermantes.

*

« En démocratie, un homme supérieur devrait s'astreindre à donner l'illusion qu'il ne dépasse pas le niveau. Mais il est plus facile aux médiocres d'avoir l'air profond qu'aux grands esprits de faire la bête. »

François Mauriac,
Bloc-notes, 24 mai 1955.

*

« Les deux nigauds : le Français de droite qui a risqué toute sa mise sur les USA, ennemis irréductibles de l'URSS, et le Français d'extrême gauche qui s'est si strictement boutonné dans la veste de Staline qu'elle lui colle à la peau et qu'il ne peut plus la retourner. »

François Mauriac,
Bloc-notes, 20 août 1955.

*

La sottise est chez elle dans tous les milieux

« Que d'enfants bourgeois ont eu par leur nais-
sance accès à une culture dont ils étaient indignes !
Que d'ânes qui n'avaient pas soif et que les maîtres
auront pourtant forcés à boire ! En est-il beaucoup
parmi eux qui, au cours de leur vie, auront rouvert
un seul des livres que le maître essayait de leur faire
aimer ? »

François Mauriac,
« *On n'est jamais sûr de rien avec la télévision* »,
3 février 1962.

*

« Le pouvoir en France, qu'il soit monarchique
ou populaire, a toujours eu le goût des médiocres.
L'intelligence y fut toujours redoutée. »

François Mauriac,
Bloc-notes, septembre 1955.

*

« Un poète qui perd sa réputation, à tort ou à
raison, un théoricien esthétique dont on s'aperçoit
qu'il s'égare, le snobisme les abandonne, et tout
est dit. Mais il est plus pénible d'admettre qu'un
professeur à la Sorbonne est un imbécile, quand

on sait qu'il est en fonction pour encore au moins vingt ans. »

Jean-François Revel,
La Cabale des dévots.

*

« "Je crois que ce sont des c…", aurait dit Teilhard de Chardin de ses interlocuteurs romains auxquels il essayait d'arracher la publication du *Phénomène humain.* »

Étienne Fouilloux,
Une Église en quête de liberté.

*

« Vous pouvez le constater tous les jours : si un dîner réunit cinq personnes intelligentes et un imbécile, la conversation tombe toujours au niveau de l'imbécile. »

Jean Amadou,
Journal d'un bouffon.

*

La sottise est chez elle dans tous les milieux

« Le sinistre duo de *Madame Bovary* : le pharmacien Homais, féru de science et de progrès, et, à côté de lui, le curé Bournisien, bigot… Chez Flaubert, la bêtise n'est pas exception, hasard, défaut ; elle n'est pas un phénomène pour ainsi dire quantitatif, un manque de quelques molécules d'intelligence qu'on pourrait guérir par l'instruction ; présente partout, dans la pensée des sots aussi bien que des génies, elle est une part indissociable de la "nature humaine"… »

Milan Kundera,
Le Rideau.

*

« Oui, je me rappelle une très bonne étudiante que j'avais à la Sorbonne et qui me déclara, tout de go, peu après Mai 68 : "Oh ! non, la culture, je n'en veux plus, car je pense à ceux qui ne l'ont pas !" »

Jacqueline de Romilly, Alexandre Grandazzi,
Une certaine idée de la Grèce, Entretiens.

III

L'opinion, ou la sottise atmosphérique

L'opinion ? C'est ce que tout le monde a en tête à propos de tout et de n'importe quoi. C'est ce qui se répète indéfiniment comme allant de soi, quand il est question de tout ce qu'à longueur de journée on voit sans le regarder. Bref, les « idées reçues » dont Flaubert avait fait un dictionnaire. Il y citait en exergue une maxime de Chamfort : « Il y a à parier que toute idée publique, toute convention reçue est une sottise, car elle a convenu au plus grand nombre. » On va le voir, c'est effectivement… ce que tout le monde dit, et depuis toujours, sans pour autant en penser du bien, quand par hasard M. Tout-le-Monde s'en avise.

« Ainsi, au lieu de se donner la peine de rechercher la vérité, on préfère généralement adopter des idées toutes faites. »

Thucydide,
La Guerre du Péloponnèse, 1, 2.

*

« … avec le concours de l'imbécillité populaire… »

Platon,
La République, IX, 175 a.

*

La… sottise ?

« Je ne dis rien non plus du renom qu'on peut avoir auprès du peuple et qui naît de l'accord des imbéciles et des méchants. »

Cicéron,
Tusculanes, V, 16.

*

« Le peuple n'a-t-il pas toujours de haine à l'égard de tout ce qui lui est supérieur ? »

Cicéron,
Tusculanes, V, 36.

*

« Si on te demande, ne va pas répondre : "C'est de ce côté-là que paraît aller le plus grand nombre", car c'est justement pour cela que c'est le moins bon avis ! »

Sénèque,
La Vie heureuse, II, 1.

*

« Il se mit à rire ironiquement : "Alors, toi aussi, tu crois que le mauvais œil existe ? – Certainement, rien de plus vrai, répondis-je." »

Héliodore,
Les Éthiopiques, II, 7.

*

« Le monstre multiforme qu'est l'opinion… »

Synésios de Cyrène,
Dion, XIV, 3.

*

« Ce crétin-là a suivi ce qui se dit, et il n'y a rien de plus nul. »

Saint Augustin,
Contre les Académiciens, II, 8, 20.

*

« Marius Victorinus, lui au moins, ne se laissait pas impressionner par la masse des gens qui déparlent. »

Saint Augustin,
Confessions, VIII, 2, 5.

*

La… sottise ?

« Le vulgaire dont l'esprit est incapable de percevoir les choses clairement et distinctement… »

Spinoza,
Traité des autorités théologique et politique, V.

*

« Et c'est ainsi que de bouche en bouche, échos ridicules les uns des autres, un galant homme est traduit pour un plat homme, un homme d'esprit pour un sot, un homme honnête pour un coquin, un homme de courage pour un insensé, et réciproquement. Non, ces impertinents jaseurs ne valent pas la peine que l'on compte sur leur approbation, leur improbation pour quelque chose dans la conduite de sa vie. »

Diderot,
*Sur l'inconséquence du jugement public
de nos actions particulières.*

*

« Les dictateurs sont les domestiques du peuple, – rien de plus –, un foutu rôle d'ailleurs, – et la gloire est le résultat de l'adaptation d'un esprit avec la sottise nationale. »

Charles Baudelaire,
Mon cœur mis à nu.

*

« Une puissance toute nouvelle s'était créée en France, celle de l'opinion. Ce n'était pas cette opinion claire et ferme, privilège des nations qui ont longtemps et paisiblement joui de leur liberté et de la connaissance de leurs affaires, mais celle d'un peuple impétueux et inexpérimenté, qui n'en est que plus présomptueux dans ses jugements et plus tranchant dans ses volontés. »

Talleyrand,
Mémoires.

*

« Un des caractères du génie est de ne pas traîner sa pensée dans l'ornière tracée par le vulgaire. »

Stendhal,
Le Rouge et le Noir.

*

« Les inventeurs et les génies ont presque toujours été regardés par la société au début de leur carrière (et fort souvent jusqu'à la fin) comme de purs imbéciles ; cette observation est si banale qu'elle est devenue un lieu commun. »

Dostoïevski,
L'Idiot.

*

« IMBÉCILES : Ceux qui ne pensent pas comme vous. »

Gustave Flaubert,
Dictionnaire des idées reçues.

*

« Les choses sont d'autant plus vraies qu'elles sont davantage crues, et ce n'est pas l'intelligence qui les impose, mais la volonté. »

Miguel de Unamuno,
Vie de Don Quichotte.

*

« Les sottises elles-mêmes forment une part de l'opinion, qui est considérable. »

Alain,
Propos.

*

« L'imagination vulgaire ne fait que des transpositions de vulgaire vrai en vulgaire faux, des exagérations, une prolifération qui s'éloigne dans

l'absurde sans conséquences, sans fruit, sans intérêt. »

Paul Valéry,
Mauvaises pensées.

*

« Il y a des gens, se dit Antoine, qui se sont fabri-
qués, une fois pour toutes, une conception satis-
faisante du monde… Après, ça va tout seul… Leur
existence ressemble à une promenade en barque,
par temps calme : ils n'ont qu'à se laisser glisser au
fil de l'eau. »

Roger Martin du Gard,
Les Thibault.

*

« Mme Pasqualin : "C'est trop bête, à la fin ! Tu
viens empoisonner notre vie, avec tes idées… Tes
idées ! Tout le monde en a, des idées ! Tu n'as qu'à
avoir les idées de tout le monde !" »

Roger Martin du Gard,
Jean Barrois.

*

La… sottise ?

« (La télévision) invinciblement entraînée par la force d'attraction d'une masse énorme de vulgarité, de niaiserie… »

François Mauriac,
« *On n'est jamais sûr de rien avec la télévision* »,
21 avril 1962.

*

« Il existe une sottise d'époque à laquelle tous les contemporains, grands et petits, et eussent-ils du génie, participent. »

François Mauriac,
Mémoires intérieurs.

*

« Que de fois l'ai-je rappelé : que Dieu préfère les imbéciles, c'est un bruit que depuis dix-neuf siècles les imbéciles font courir. »

François Mauriac,
Bloc-notes, 26 mars 1954.

*

« C'est quand on a raison qu'il est difficile de prouver qu'on n'a pas tort. »

Pierre Dac,
Arrière-pensées.

*

« Soixante-deux mille quatre cents répétitions font une vérité. »

Aldous Huxley,
Le Meilleur des mondes.

*

« On a souvent de la reconnaissance aux gens pour les conseils qu'ils ne vous ont pas donnés. »

Henry de Montherlant,
L'Exil, II, 4.

*

« L'ARCHEVÊQUE : Dans les ordres, où irions-nous, si chacun se mettait à penser personnellement ?... On vous demandait d'être comme les autres, vous entendez ? Simplement *comme les autres* ! »

Henry de Montherlant,
Port-Royal.

*

La… sottise ?

« Donner en modèle aux petites filles des dindes décérébrées pour leur faire acheter des produits dérivés devient même la quintessence de la liberté, l'expression miraculeuse d'on ne sait quelle rébellion contre les parents, l'ordre établi, la norme, la morale, bref une démarche quasi révolutionnaire et donc forcément admirable (…). L'unique but de ce formatage des petites filles est bien sûr mercantile. »

Natacha Polony,
L'homme est l'avenir de la femme.

IV

Sottise et savoir

On aurait pu croire – et qui ne l'a cru un jour ? – que la sottise cédait au savoir comme la migraine à l'aspirine. On pouvait même espérer que, bien administré au long d'une saine éducation, le savoir préserverait de la sottise, à la façon d'un vaccin. C'était trop beau. Car il n'est pas rare que le savoir demeure sans grand effet chez tel ou tel, ou même ait des effets pervers. Plus d'un auteur va vous le dire, en prose et parfois même en vers. Pis : il peut se faire qu'ornée du baroque des connaissances accumulées, la sottise grandisse en majesté et n'en soit que plus malfaisante. Bref, il faudrait savoir savoir…

« Qu'en est-il si cet homme-là se donne mille peines pour la gymnastique, ou s'il mène grassement sa vie, sans avoir de contact ni avec la musique ni avec la philosophie ? (…) Même s'il avait en son âme quelque envie de s'instruire, ce serait en vain. Le fait de n'avoir goûté à aucune connaissance ni à aucune recherche finit par rendre sourd et aveugle. La vie se passe dans une ignorance et dans une sottise qu'accompagne un manque de rythme et de grâce. »

Platon,
La République, III, 441 d-e.

*

« Je crois comprendre maintenant ce que je ne saisissais pas autrefois, le sens du proverbe : "Un insensé ne se laisse ni persuader ni briser." Puissé-je ne pas avoir pour ami un savant qui soit un insensé ! Rien n'est plus difficile à manier. »

Épictète,
Entretiens, II, 15.

*

« Si nos écoles crétinisent la jeunesse, à mon avis, c'est à cause de ça : on n'y voit ni n'y entend rien de la vie de tous les jours. »

Pétrone,
Satiricon, I, 1.

*

« Une longue préface pour excuser ou recommander des idioties est le comble de la bêtise. »

Pline le Jeune,
Lettres, IV, 14.

*

« Toutefois, (cette fille) avait la tête plus vide qu'une lanterne, mais elle croyait pouvoir rivaliser en sagesse avec Salomon. Elle ne comprit pas…

Et ainsi demeura-t-elle et demeure-t-elle toujours enferrée dans sa sottise. »

Boccace,
Décaméron, 6e journée, 8e nouvelle.

*

« À tant son père aperceut que vrayment il estudiait très bien et y mettait tout son temps, toutefoys qu'en rien ne prouffitait et, qui pis est, en devenait fou, niays, tout resveux et rassoté. »

Rabelais,
Gargantua, XIV.

*

« Au cas que leur controverse estoit patente et facile à juger, vous l'avez obscurcie par sottes et desraisonnables raisons et ineptes opinions. »

Rabelais,
Pantagruel, XI.

*

« Mais d'où puisse advenir qu'une âme riche de la connaissance de tant de choses n'en devienne pas plus vive et plus éveillée, et qu'un esprit grossier et vulgaire puisse loger en soy, sans s'amender, les discours et les jugements des plus excellents esprits que le monde ait portés, j'en suis encore en doute… »

Montaigne,
Essais, I, 25.

*

« Clitandre :
Mais j'aimerais mieux être au rang des ignorants
Que de me voir savant comme certaines gens. »

Molière,
Les Femmes savantes, IV, 3.

*

« On est quelquefois un sot avec de l'esprit, mais on ne l'est jamais avec du jugement. »

La Rochefoucauld,
Maximes, 479.

*

« TRISSOTIN :
J'ai cru jusques ici que c'était l'ignorance
Qui faisait les grands sots, et non pas la science.
CLITANDRE :
Vous avez cru fort mal, et je vous suis garant
Qu'un sot savant est sot plus qu'un sot igno-
rant. »

Molière,
Les Femmes savantes, IV, 3.

*

« Toute la dignité de l'homme consiste en la pensée. Mais quelle est cette pensée ? Qu'elle est sotte.
La pensée est donc une chose admirable et incom-
parable par sa nature. Il fallait qu'elle ait d'étranges
défauts pour être méprisable ; mais elle en a de tels
que rien n'est plus ridicule. Qu'elle est grande par
sa nature ! Qu'elle est basse par ses défauts ! »

Pascal,
Pensées, Brunschwig 365.

*

« (À propos de Montaigne.) Le sot projet qu'il
a de se peindre ! et cela pas en passant et contre
ses maximes, comme il arrive à tout le monde de

faillir ; mais par ses propres maximes, et par un dessein premier et principal. Car dire des sottises par hasard et par faiblesse, c'est un mal ordinaire ; mais d'en dire par dessein, c'est ce qui n'est pas supportable, et d'en dire de telles que celle-ci… »

Pascal,
Pensées, Brunschwig 62.

*

« Un sot trouve toujours un plus sot qui l'admire. »

Boileau,
L'Art poétique, I.

*

« Un pédant enivré de sa vaine science,
Tout hérissé de grec, tout bouffi d'arrogance,
Et qui, de mille auteurs retenus mot pour mot,
Dans sa tête entassés, n'a souvent fait qu'un sot. »

Boileau,
Satire, IV, 3-6.

*

« Tes écrits, il est vrai, sans art et languissants,
Semblent être fermés en dépit du bon sens ;
Mais ils trouvent pourtant, quoi qu'on en puisse dire,
Un marchand pour les vendre, et des sots pour les lire. »

Boileau,
Satire, II, 79-82.

*

« L'on aime à bien augurer des enfants, et l'on a toujours regret à ce flux d'inepties qui vient presque toujours renverser les espérances qu'on voudrait tirer de quelque heureuse rencontre qui par hasard leur tombe sur la langue. »

Rousseau,
Émile ou de l'Éducation, V.

*

« Le sot qui a beaucoup de mémoire est plein de pensées et de faits ; mais il ne sait pas en conclure ; tout tient à cela. »

Vauvenargues,
Réflexions et maximes, CCXIV.

*

La… sottise ?

« Pauvre diable empiriste ! Tu ne connais même pas la bêtise. En toi-même : elle est, oh ! si bête a priori. »

Goethe à Schiller,
cité par Schopenhauer.

*

« La mémoire est souvent la qualité de la sottise ; elle appartient généralement aux esprits lourds, qu'elle rend plus pesants par les langages dont elle les surcharge. »

Chateaubriand,
Mémoires d'outre-tombe.

*

« Et comme l'inactivité complète finit par avoir les mêmes effets que le travail exagéré (…), la constante nullité intellectuelle qui habitait sous le front songeur d'Octave avait fini par lui donner, malgré son calme, d'inefficaces démangeaisons de penser qui la nuit l'empêchaient de dormir, comme il aurait pu arriver à un métaphysicien surmené. »

Marcel Proust,
À l'ombre des jeunes filles en fleurs.

*

« Car la bêtise a ceci de terrible, qu'elle peut ressembler à la plus profonde sagesse. »

Valery Larbaud,
Femina Marquez.

*

« Percy, à qui ses lectures ne donnèrent pas l'esprit de finesse, lui aussi me prit au mot : il me crut rassuré, cet imbécile ; il eut peur que sa vengeance lui échappât. »

François Mauriac,
Préséances.

*

« Je reproche à Aragon d'avoir laissé ses ennemis lui rappeler quelques-unes des strophes les plus bassement ridicules qu'il a consacrées au Père Ubu du Kremlin. Il n'aurait pas dû se laisser prévenir. C'eût été à lui de rappeler avec orgueil ces bêtifiantes flagorneries. Il aurait eu beau jeu à soutenir qu'il fallait plus de courage pour s'abêtir de la sorte quand on s'appelle Aragon. »

François Mauriac,
Bloc-notes, 9 août 1956.

*

La... sottise ?

« (De Gaulle) – Pourquoi parlez-vous comme si vous aviez la foi, puisque vous ne l'avez pas...
(Malraux) – Renan n'était pas idiot...
(De Gaulle) – Ça dépendait des jours. »

André Malraux,
Ces chênes qu'on abat...

*

« L'on sait combien le radoteur s'entend à épaissir la soupe, à allonger les sauces, en d'autres termes à faire beaucoup de volume avec des idées de quatre sous ; une seconde d'inspiration pour des semaines de verbiage. »

Vladimir Jankélévitch,
Philosophie première.

*

« Combien j'aime les esprits de second ordre (Joubert entre tous) qui, par délicatesse, vécurent à l'ombre du génie des autres et, craignant d'en avoir, se refusèrent au leur ! »

Emil Cioran,
Syllogismes de l'amertume.

*

« La ressource suprême des hypocrites est d'appeler cynisme la franchise, comme celle des imbéciles est d'appeler paradoxe la vérité. »

Hervé Bazin,
Au nom du fils.

*

« Les conneries que l'on peut écrire en toute innocence dans l'euphorie du travail... »

Claude Mauriac,
Le Temps retrouvé, 24 octobre 1968.

*

« Et Guillaume répondit qu'il était certainement humain de commettre des erreurs, que pourtant il y a des êtres humains qui en commettent plus que d'autres, ceux qu'on appelle les sots, et lui se trouvait de ceux-là, et il se demandait s'il avait valu la peine d'étudier à Paris et à Oxford pour se montrer ensuite incapable de penser qu'on relie parfois les manuscrits en les regroupant, chose que savent même les novices, sauf les stupides comme moi, et un couple de stupides comme nous deux auraient eu un grand succès dans les foires... »

Umberto Eco,
Le Nom de la rose.

*

La... sottise ?

« Mais Flaubert veut parvenir "dans l'âme des choses". Et dans l'âme des choses, dans l'âme de *toutes* les choses humaines, partout il la voit danser, la tendre fée de la bêtise. Cette fée discrète s'accommode merveilleusement et du bien et du mal, et du savoir et de l'ignorance... Flaubert l'a introduite au bal des grandes énigmes de l'existence. »

Milan Kundera,
Le Rideau.

V

La sottise sur le terrain

Si l'on regarde de près ce qui s'est dit des sots au cours des siècles, une chose saute aux yeux : la sottise n'a ni domaine particulier ni temps précis. Elle se manifeste partout et toujours, souvent même au moment où l'on s'y attendrait le moins, causant des dégâts plus ou moins considérables et durables. C'est précisément cette ubiquité, disons, spatiale et temporelle qui la rend inquiétante. Tout semble en effet se passer comme si tout être humain était un sot en puissance, toujours prêt à l'être en acte, et cela depuis toujours. Ce qui n'a pas manqué de poser la question des causes et des effets de pareille menace. Question qui a au moins l'avantage d'inviter à observer la sottise à l'action.

« Cette illusion qui fait prendre à tous les hommes la sottise qui est la leur pour de la sagesse, de sorte que nous qui, pour ainsi dire, ne savons rien, nous nous figurons tout savoir... »

Platon,
Des lois, V, 731 a.

*

« Un ingénieux faiseur de mythes, peut-être un Sicilien ou un Italien, a en jouant sur les mots appelé "tonneau sans fond" la partie de l'âme où sont les passions, chez les gens dépourvus de sens, en raison de sa facilité à se laisser entraîner et persuader ; ces derniers, il les a d'ailleurs qualifiés de "passoires", fondant la comparaison de ces individus avec un tonneau percé, impossible à remplir, sur leur caractère incontinent et intempérant. »

Platon,
Gorgias, 493 a.

*

« Tout ce qui subsiste ici ou là des vieilles coutumes est d'une absolue stupidité… Et il est vraisemblable que les premiers hommes devaient ressembler au premier idiot venu, comme on le dit des gens de la campagne. »

Aristote,
Politique, II, 8.

*

« Celui qui, par étourderie, a mal conduit ses affaires – ce qui est de la sottise… »

Cicéron,
Tusculanes, III, 8.

*

« La différence entre les gens intelligents et les imbéciles, c'est que, comme le cuivre de Corinthe, moins vite recouvert par le vert-de-gris, les gens intelligents tombent moins vite dans les passions que les imbéciles, et qu'ils s'en rétablissent plus vite. »

Cicéron,
Tusculanes, IV, 15.

*

« Oui, nous reconnaissons qu'il ne dépend pas de nous d'être intelligents ou bouchés, vigoureux ou faibles… »

Cicéron,
Du destin, V, 1.

*

« Simonide, le poète, voyant au cours d'un banquet un étranger qui demeurait silencieux à sa place, et ne parlait à personne, lui dit : "Mon ami, si tu es un sot, ton attitude est sage ; mais si tu es un sage, tu agis comme un sot." »

Plutarque,
Propos de table, III, 1.

*

« La licence, que les sots appellent liberté… »

Tacite,
Dialogue des orateurs, XL, 2.

*

« Les inepties familières à l'ignorance… »

Apulée,
Apologie, III.

*

La… sottise ?

« Je m'étonne, ô mur, que tu ne te sois pas écroulé sous le poids des âneries dont les gens t'ont couvert ! »

Graffiti sur un mur de Pompéi.

*

« Les regardant extravaguer, l'incroyant se retiendra avec peine de pouffer. Mais le plus contrariant n'est pas qu'on ait envie de rire de ces gens qui sortent des âneries. C'est plutôt qu'aux yeux de ceux qui ne partagent pas notre foi, nos auteurs sacrés vont passer pour avoir soutenu des opinions de ce genre, et on les tiendra alors pour ignares. »

Saint Augustin,
La Genèse au sens littéral, I, 19-39.

*

« Tels sont les hommes peu instruits, que leur faiblesse d'esprit empêche d'embrasser et de comprendre l'adaptation et l'accord universel de toutes choses. »

Saint Augustin,
L'Ordre, I, 2.

*

« Il n'y a rien de plus grave que de croire qu'on sait ce qu'on ignore, et de défendre pour vrai ce qui est faux. »

Écrit apocryphe chrétien.

*

« Les pensées des mortels sont hésitantes, et nos prévisions sont incertaines ; car le corps qui se corrompt appesantit l'âme et la demeure terrestre alourdit l'intelligence dans ses multiples pensées. Il nous est difficile d'apprécier ce qui est sur terre, et c'est avec peine que nous trouvons ce qui est à notre portée. »

Saint Bonaventure,
Le Christ Maître.

*

« La plupart des hommes sont à la remorque de leurs impressions corporelles. »

Saint Thomas d'Aquin,
Somme théologique, 2a 2ae, 95, art. 5 ad 2m.

*

« Les hommes se laissent surtout guider par la convoitise irrationnelle. En cela, ils ne s'en conforment pas moins à l'ordre de la nature – qu'ils ne sauraient troubler en aucun cas. Le droit de nature n'oblige donc pas plus l'homme dépourvu d'intelligence et de caractère à régler sa propre vie avec sagesse qu'il n'oblige le malade à être en bonne santé. »

Spinoza,
Traité de l'autorité politique, I, 18.

*

« Tel est le fanatisme des pays d'Inquisition, où la science est un crime, l'ignorance et la stupidité la première vertu. »

Saint-Simon,
Mémoires.

*

« Vous n'avez pas la peau assez dure pour ne pas sentir le mépris public. Mais on s'y accoutume, on n'a qu'à mettre sa vanité ailleurs. Voyez M. de N… On peut même observer à l'égard de cet homme célèbre que quand le mépris est devenu lieu commun, il n'y a plus que les sots qui l'expriment. Or, les sots, parmi nous, gâtent jusqu'au mépris. »

Stendhal,
Lucien Leuwen.

*

« Et avoir un corps, c'est la grande menace pour l'esprit… Le corps enferme l'esprit dans une forteresse ; bientôt la forteresse est assiégée de toutes parts et il faut à la fin que l'esprit se rende. »

Marcel Proust,
Le Temps retrouvé.

*

« Une nouvelle folie des hitlériens : démontrer que Jésus-Christ n'était pas juif, mais aryen et blond, fils d'un soldat germain de la garde de Pilate. C'est trop bête. »

Alfred Baudrillart,
Les Carnets du cardinal, 15 août 1933.

*

« Un général allemand publie un livre, *L'Heure de Hitler*, où il se montre stupéfait de l'inconscience de la plupart des Français et de ceux qui les gouvernent. D'un discours de Paul-Boncour, il écrit : "Cet amour de la paix poussé jusqu'à la folie conduit directement à la guerre." »

Alfred Baudrillart,
Les Carnets du cardinal, 19 janvier 1935.

*

La… sottise ?

« Après le scandale de *Parade* au Châtelet en 1917, deux remarques me flattèrent beaucoup. Ce fut, d'abord, un directeur de théâtre criant : "Nous n'avons plus l'âge de Guignol", ensuite un monsieur que nous entendîmes, Picasso et moi, dire à sa femme : "Si j'avais su que c'était si bête, j'aurais amené les enfants." »

Jean Cocteau,
Lettre à Jacques Maritain.

*

« Dans les émeutes que provoque la pauvreté, les masses populaires cherchent d'ordinaire le pain, et le moyen qu'elles trouvent, c'est de détruire les boulangeries. Voilà qui peut servir comme symbole du comportement des masses actuelles, à l'égard de la civilisation qui les nourrit. »

José Ortega y Gasset,
La Révolte des masses.

*

« L'autosatisfaction du fils de bourgeois le porte à se fermer à toute instance extérieure, à ne rien écouter, à ne pas remettre en question ses opinions, à ne pas compter avec les autres. L'intime conviction de sa supériorité l'incite constamment à exercer sa prévalence. »

José Ortega y Gasset,
La Révolte des masses.

*

« … car ce n'est pas la friponnerie du faux dévot qui témoigne ici (dans *Tartuffe*) contre la religion, mais la bêtise du vrai dévot. »

François Mauriac,
« *On n'est jamais sûr de rien avec la télévision* »,
7 novembre 1963.

*

« Ce qui me frappait quand j'observais les visages inexpressifs des adolescents interrogés, c'était leur vieillesse. Ils me paraissaient vieux – vieux comme la bêtise qui n'a pas d'âge. »

François Mauriac,
« *On n'est jamais sûr de rien avec la télévision* »,
21 novembre 1963.

*

« C'est la bêtise qui est la grande punition du péché d'Adam. »

Henry de Montherlant,
Malatesta, III, 5.

*

« La bêtise, c'est de s'en tenir là, peu importe où… C'est la conscience bien contente qui s'installe ainsi avec toutes ses tares, avec toutes ses rides, dans la stupide vanité d'être ce qu'elle est… »

Vladimir Jankélévitch,
Traité des vertus, III.

*

« Vraiment, la bêtise peut être un péché. Car c'est contraire à la dignité de la créature raisonnable. Misérable crétinisme ! »

Yves Congar,
Mon journal du Concile, 7 novembre 1954.

*

« La bêtise n'interdit pas l'entreprise, au contraire ; elle en masque les obstacles et fait apparaître facile ce qui à toute tête un peu raisonnante semblerait désespéré. »

Maurice Druon,
Les Rois maudits.

*

« La fausseté n'a jamais empêché une vue de l'esprit de prospérer quand elle est soutenue et protégée par l'ignorance. »

Jean-François Revel,
L'Obsession antiaméricaine.

*

« Une équipe de chercheurs anglo-allemands vient de découvrir l'existence d'une zone nommée "facteur général d'intelligence" et située dans le cortex latéral. Cet espace très restreint du cerveau serait particulièrement stimulé lors de tâches requérant une attitude intelligente. Qui sait si nous ne nous trouvons pas là en face d'une des plus importantes découvertes scientifiques du siècle qui s'ouvre ? Car s'il suffit d'une radio ou d'un scanner pour déterminer la présence de la zone d'intelligence dans le cerveau, en toute logique, le même cliché en démontrera l'absence. L'imbécile, le crétin, le con, puisqu'il faut l'appeler par son nom, sera immédiatement repéré : "Attention, respirez à fond… Ne bougez plus… Respirez… Oh ! mais dites-moi, à la place de votre zone d'intelligence, il y a un trou…" Le scanner cervical sera le préalable à toute embauche et à toute élection. »

Jean Amadou,
Journal d'un bouffon.

*

« Combien de lettres d'injures mon cabinet a-t-il reçues, pour avoir dilapidé l'argent des contribuables à changer la couleur de Paris, en détruisant la précieuse patine des siècles – alors que les pierres de Paris, comme celles de Versailles, se patinent en orangé, jamais en noir. Anthologie des idiots. »

André Malraux,
Ces chênes qu'on abat…

VI

Au fait, qu'est-ce au juste qu'un sot ?

En effet, être ou ne pas être… un sot, *that is the question*. Mais a-t-on de la sottise l'idée claire et distincte qui en assurerait la définition ? Trop diverses sont les dispositions, les attitudes, les conduites qui valent à tel ou tel d'être tenu pour sot, et de même les motivations de ceux qui le qualifient ainsi. Le ton de leurs réactions est toutefois empreint d'un même agacement, d'une semblable commisération ironique. Et il sous-entend une parfaite assurance quant au niveau d'intelligence de celui qui porte le jugement : « Ce n'est pas moi qui aurais dit cela, qui aurais agi de la sorte », etc. C'est un mot de Sartre qui me vient à l'esprit, dans *Huis clos* : « L'enfer, c'est les autres. » Mais c'est bien sûr : la sottise aussi ! Voilà qui en rassure plus d'un. Du moins, vais-je dire, jusqu'à un certain point seulement, car qui a jamais vu un imbécile douter de soi ?

« L'homme qui n'est riche qu'en idée dit qu'il va faire un chariot. Imbécile ! Il ne sait pas que les cent pièces du chariot, il faut d'abord prendre soin de les préparer à la maison. »

Hésiode,
Les Travaux et les jours, 455 et sq.

*

« Un sot à chaque mot paraît hébété. »

Héraclite, cité par Plutarque,
Comment il faut entendre, VII, 41 A.

*

« Car Dieu reconnaît bien les gens sans consistance, sans effort d'attention il voit où est le mal, mais un idiot sera enfin intelligent quand l'âne sauvage naîtra domestiqué ! »

Job, XI, 11-12.

*

« Les stupides qui possèdent quelque chose ne s'en avisent que si cela leur est ôté. »

Sophocle,
Ajax, 964-965.

*

« L'insensé a dit dans son cœur : "Non, plus de Dieu !" »

Psaumes, XIV, 1.

*

« Ce qu'il y a précisément de fâcheux dans l'ignorance, c'est que quelqu'un qui n'est pas intelligent se figure l'être dans la mesure voulue. »

Platon,
Le Banquet, 204 a.

*

« Qu'y a-t-il de plus lourd que le plomb ? Une seule réponse : l'imbécile. »

Siracide, XXII, 14.

*

« Les sentiments d'un imbécile sont mouvants comme les roues d'un chariot et son raisonnement est changeant comme un essieu qui tourne. »

Siracide, XXXIII, 5.

*

« Est-ce seulement d'après l'apparence qu'on juge un être ? Alors dis que ce morceau de cire est une pomme ; encore faut-il qu'elle ait en plus l'odeur et le goût. Pour faire un homme non plus, le nez et les yeux ne suffisent pas s'il n'a point de pensées humaines. En voici un qui n'entend pas raison et ne comprend pas les critiques ; c'est un âne. En celui-là toute conscience est morte ; c'est tout plutôt qu'un homme. »

Épictète,
Entretiens, IV, 5.

*

La… sottise ?

« Qu'ils parlent ou qu'ils pètent, cela se vaut. »

Démétrios le Cynique, cité par Sénèque,
Des bienfaits, VII, 11.

*

« Ces gens au front têtu, qui s'obstinent à parler sans réfléchir à ce qu'ils disent… »

Saint Augustin,
La Cité de Dieu, II, 1.

*

« Ô esprits sans esprit ! »

Saint Augustin,
La Cité de Dieu, I, 33.

*

« Quand elle voulait en prendre la peine, Énide connaissait l'art d'enivrer un sot par de belles paroles. »

Chrétien de Troyes,
Éric et Énide, v. 3428-3429.

*

« Il est un sot, son goût est mousse et hébété ; il n'en jouit non plus qu'un morfondu de la douceur du vin grec ou qu'un cheval de la richesse du harnois duquel on l'a paré. »

Montaigne,
Essais, I, 42.

*

« Mais il y a des gens qui pensent savoir parfaitement une chose, sitôt qu'ils y voient la moindre lumière. »

Descartes,
lettre au père Mersenne, 15 avril 1630.

*

« En sorte que ceux qui sont les plus effrontés, et qui savent crier le plus haut, ont ici le plus de pouvoirs (comme ordinairement en tous les États populaires), encore qu'ils aient le moins de raison. »

Descartes,
lettre à Élisabeth, 10 mai 1647.

*

« Tout le monde se plaint de sa mémoire, et personne ne se plaint de son jugement. »

La Rochefoucauld,
Maximes, 89.

*

« On a un esprit borné avec un cœur faible et vain quand on est bien content de soi et de son ouvrage. L'auteur content de soi est d'ordinaire content tout seul. »

Fénelon,
Lettre à l'Académie, X.

*

« L'extrême bêtise n'empêche pas l'orgueil. »

Saint-Simon,
Mémoires.

*

« M. de Chevreuse, avec tout le savoir, toutes les lumières, toute la candeur que peut avoir un homme, était sujet à raisonner de travers. Son esprit, toujours géomètre, l'égarait par règle dès qu'il partait d'un principe faux, et, comme il avait une facilité extrême et beaucoup de grâce naturelle à s'exprimer, il éblouissait et emportait, lors même qu'il s'égarait le plus, après s'être ébloui lui-même et persuadé qu'il avait raison. »

Saint-Simon,
Mémoires.

*

« Celui qui disperse ses regards sur tout ne voit rien ou voit mal ; il interrompt souvent, et contredit celui qui parle et qui a bien vu. »

Diderot,
Satire, I.

*

« … ces oiseaux
Au pourpoint vert, dont la langue indiscrète,
Comme nos sots, tant bien que mal répète
Les mots épars qu'on jette en leurs cerveaux. »

Choderlos de Laclos,
Avis aux princes.

*

« Celui qui est content de ce qu'il a pensé, en ce sens qu'il n'y voit nul défaut, c'est un sot ; laissons-le. »

Alain,
Propos, 21 mai 1928.

*

« Et à quoi peut-on reconnaître un sot ? À ceci, qu'il n'explique pas quand il faudrait et qu'il explique quand il ne faudrait pas. »

Alain,
Propos, « Kipling ».

*

« Un état bien dangereux : croire comprendre. »

Paul Valéry,
Choses tues.

*

« Armand sentait avec dégoût l'imbécile esclavage de l'étude, et ce noviciat d'homme à la remorque familiale, à la fois il le maudissait, et il en craignait la fin prochaine. »

Louis Aragon,
Les Beaux Quartiers.

*

Au fait, qu'est-ce au juste qu'un sot ?

« La Congrégation des Études (au Vatican), avec l'imbécile Pizzardo, Staffa et Romeo, est la concentration de crétins la plus caractérisée. »

Yves Congar,
Mon journal du Concile, mai 1964.

*

« Il n'y a pas de vanité intelligente. C'est un instinct. Il n'y a pas d'homme non plus qui ne soit avant tout vaniteux. »

Céline,
Voyage au bout de la nuit.

*

« Pour que dans le cerveau d'un couillon la pensée fasse un tour, il faut qu'il lui arrive beaucoup de choses et des bien cruelles. »

Céline,
Voyage au bout de la nuit.

*

La… sottise ?

« Le crétin prétentieux est celui qui se croit plus intelligent que ceux qui sont aussi bêtes que lui. »

Pierre Dac,
Pensées.

*

« Plus ils croient en eux-mêmes et plus ils veulent nous faire croire à leur intelligence et plus ils nous paraissent bêtes, et plus ils sont persuadés de dominer sur le reste des hommes et plus nous jugeons qu'ils appartiennent à une espèce misérable. »

François Mauriac,
« *On n'est jamais sûr de rien avec la télévision* »,
8 octobre 1954.

*

« Moins les gens ont d'idées à exprimer, plus ils parlent fort. »

François Mauriac,
Un adolescent d'autrefois.

*

Au fait, qu'est-ce au juste qu'un sot ?

« Je voyais en lui, non pas un homme, mais un produit manufacturé, une machine à dire ce qu'il faut dire et à penser ce qu'il faut penser. Ah ! si jamais je me suis senti supérieur à quelqu'un, c'est bien à cet imbécile ! »

Valéry Larbaud,
Fermina Marquez.

*

« Je me souviens de la phrase [de De Gaulle] : "L'illusion du bonheur, d'Astier, c'est fait pour les crétins." »

André Malraux,
Ces chênes qu'on abat…

*

« La bêtise vertigineuse de ces hommes a quelque chose de douloureux. »

Claude Mauriac,
Le Temps immobile.

*

La… sottise ?

« C'est la seule manie des sots que de vous sommer de comprendre. »

Maurice Druon,
Les Rois maudits.

*

« J'admire beaucoup les imbéciles qui ne doutent pas d'eux, qui avancent tout droit sans regarder ni à droite ni à gauche, enfermés dans leurs certitudes. »

Jean d'Ormesson,
Qu'ai-je donc fait ?

*

« On n'a rien trouvé de mieux que la bêtise pour se croire intelligent. »

Amélie Nothomb,
Métaphysique des tubes.

VII

Mais alors, que penser et, que faire ?

Ce florilège de tant de choses qui se sont dites de la sottise au cours des siècles nous permet-il, sinon d'en proposer une définition, ainsi que des sots, du moins de nous en faire une idée moins vague, ainsi que des causes de ce phénomène particulièrement agaçant ? Ce serait trop beau. La diversité même des situations fait ressortir le flou de concepts qui jusque-là allaient de soi pour beaucoup. En fait, de la sottise et des sots, on a tout dit et n'importe quoi, et on ne sait trop que faire ni comment réagir à l'occasion. De plus, s'il en va ainsi de ce que font advenir au quotidien les sots, les imbéciles, les idiots, les…, est-on si sûr de n'être pas du nombre, sinon en acte, dirait saint Thomas d'Aquin, du moins en puissance ?

« La justice dépasse la violence à la fin de la course. L'imbécile l'apprend par l'épreuve. »

Hésiode,
Les Travaux et les jours, V, 19-20.

*

« Ne pas déraisonner est le plus grand don du ciel. »

Eschyle,
Agamemnon, 927.

*

« Pleure sur un mort ; il est privé de la lumière. Mais pleure sur un imbécile : il est privé d'intelligence. »

Siracide, XXII, 11.

*

« Ne parle pas longtemps à l'homme de bon sens et ne va pas à la rencontre d'un sot. Méfie-toi de lui, pour t'épargner les ennuis et ne pas te salir quand il se secoue. Évite-le si tu veux avoir la paix et ne pas être choqué par ses sottises. »

Siracide, XXII, 13.

*

« Cette vraie sottise que par gentillesse nous qualifions de candeur… »

Platon,
La République, III, 400 a.

*

« (Selon les épicuriens.) C'est de la sottise que de penser à un mal qui peut-être n'arrivera jamais. »

Cicéron,
Tusculanes, XV, 32.

*

« Les recherches elles-mêmes doivent être souples, familiers les problèmes, et les questions

raisonnables et sans subtilité, pour ne point suffo-
quer ni rebuter les esprits peu pénétrants. »

Plutarque,
Propos de table, I, 1, 4.

*

« Quoi ! Est-ce là chose à crier devant tout le
monde ? Non pas ! Il faut s'accommoder aux ignorants et se dire : "Il me conseille ce qu'il croit bon
pour lui, je lui pardonne." »

Épictète,
Entretiens, I, 29.

*

« Tant que tu ne lui auras pas montré la vérité,
ne te ris pas de lui, mais aie plutôt le sentiment de
ta propre incapacité. »

Épictète,
Entretiens, II, 12.

*

« À Sextus, (je lui dois) la tolérance à l'égard des
sots et de ceux qui opinent sans réfléchir. »

Marc Aurèle,
Pensées, I, 9.

*

« Quelqu'un va me mépriser ? Ce sera son affaire. »

Marc Aurèle,
Pensées, XI, 13.

*

« Et pour la sottise d'autrui, et même de ses proches, le sage ne se rendra pas malheureux. »

Plotin,
Ennéades, I, 4, 7.

*

« Marius Victorinus, lui, ne se laissait pas impressionner par la masse des gens qui racontent n'importe quoi. »

Saint Augustin,
Confessions, VIII, 2, 5.

*

« Vouloir raisonner quelqu'un qui se figure être intelligent, c'est perdre son temps. »

Stobée,
Florilège, III, 10, 42.

*

Mais alors, que penser et, que faire ?

« Je ne suis pas obligé à ne dire point de sottises pourveu que je ne me trompe pas à les connoistre. »

Montaigne,
Essais, II, 17.

*

« On trouve des moyens pour guérir de la folie, mais on n'en trouve point pour redresser un esprit de travers. »

La Rochefoucauld,
Maximes, 318.

*

« D'où vient qu'un boiteux ne nous irrite pas, et qu'un esprit boiteux nous irrite ? À cause qu'un boiteux reconnaît que nous allons droit, et qu'un esprit boiteux dit que c'est nous qui boitons : sans cela nous en aurions pitié et non colère. »

Pascal,
Pensées, Brunschwig 80.

*

« Je vous l'ai déjà dit, aimez qu'on vous censure.

Et, souple, à la raison, corrigez sans murmure.

Mais ne vous rendez pas dès qu'un sot vous reprend. »

Boileau,
Art poétique, IV, 59-61.

*

« J'ai été infiniment en garde contre mes affections et mes aversions, et encore plus contre celles-ci, pour ne parler des uns et des autres que la balance à la main ; non seulement ne rien outrer, mais ne rien grossir, m'oublier, me défier de moi comme d'un ennemi. »

Saint-Simon,
Mémoires.

*

« La haine même doit être éclairée pour ne pas faire de sottises. »

Chateaubriand,
Mémoires d'outre-tombe.

*

« Rien n'est humiliant comme de voir les sots réussir dans les entreprises où l'on échoue. »

Gustave Flaubert,
L'Éducation sentimentale.

*

« Autrefois – il y a bien vingt ans – toute chose au-dessus de l'ordinaire accomplie par un autre homme m'était une défaite personnelle. Dans le passé, je ne voyais qu'idées à moi. Quelle bêtise ! »

Paul Valéry,
Monsieur Teste.

*

« Ah ! si tu pouvais distinguer toutes les bêtises qui dans un esprit finissent par faire de très belles choses et toutes les belles choses qui entrent dans la composition de telle bêtise ou de telle autre ! »

Paul Valéry,
Mauvaises pensées.

*

La… sottise ?

« Ce que doit être l'enfer : bêtise et laideur absolument. »

François Mauriac,
« *On n'est jamais sûr de rien avec la télévision* »,
19 mars 1964.

*

« À quoi servirait l'intelligence si l'imbécillité
n'existait pas ? »

Pierre Dac,
Arrière-pensées.

*

« On fait l'idiot pour plaire aux idiots ; ensuite
on devient idiot sans s'en apercevoir. »

Henry de Montherlant,
La Guerre civile, I, 1.

*

« MAXIME : D'abord, ma petite fille, on n'est
jamais trop cruel avec les imbéciles. »

Jean Anouilh,
Pauvre Bitos, I.

*

« C'est le propre d'un esprit riche de ne pas reculer devant la niaiserie, cet épouvantail des délicats, d'où leur stérilité. »

Emil Cioran,
Le Mauvais Démiurge.

*

« Un homme peut être plus bête qu'un dauphin de bonne maison ou qu'un chien très éveillé. Il est tout de même un homme parce qu'il pense. »

Jean d'Ormesson,
La Création du monde.

*

« Bouvard et Pécuchet, deux retraités décidés à s'approcher de tous les savoirs, sont les personnages d'une blague, mais en même temps les personnages d'un mystère (…). Ils manifestent souvent un surprenant bon sens et nous leur donnons entièrement raison quand ils se sentent supérieurs aux gens qu'ils fréquentent, sont très indignés de leur sottise et refusent de la tolérer. Pourtant, personne ne doute qu'ils soient bêtes. Mais pourquoi nous paraissent-ils bêtes ? Essayez de définir leur bêtise ! Essayez d'ailleurs de définir

La… sottise ?

la bêtise en tant que telle ! Qu'est-ce que c'est que cela, la bêtise ? La raison est capable de démasquer le mal qui se cache perfidement derrière le beau mensonge. Mais face à la bêtise, elle est impuissante. Elle n'a rien à démasquer. La bêtise ne porte pas de masque. »

Milan Kundera,
Le Rideau.

Cela étant, allez conclure…

Il le faudrait pourtant, car c'est l'usage. Mais que dire ? Au terme de cette courte enquête, du moins est-on sûr d'une chose, car en témoignent tous ces textes : de la sottise on a toujours parlé. Mais est-on pour autant plus avancé ? Oui et non. En effet, de la sottise en général et du sot en particulier – et pourquoi pas de celui auquel vous pensez en ce moment ? –, on a tout dit au long de ces vingt-huit siècles. Tout et le reste, ce qui ne va pas sans engendrer quelques perplexités.

Ainsi en va-t-il à propos du pourcentage d'imbéciles dans ce qu'il faut bien appeler l'humanité. Tout le monde semble d'accord, et depuis toujours, pour estimer, dire et répéter que les sots sont la majorité. Telle serait, on l'a vu, l'opinion commune. Mais ce qui fait souci, c'est justement la piètre opinion que l'on a... de l'opinion. Cela ressort clairement de l'avertissement tout autant unanime et séculaire : gardez-vous de l'opinion, car il y a bien des chances qu'elle soit fausse. L'opinion apparaît même, sinon comme le point oméga de la sottise, du moins comme le refuge des gens incapables de « penser par eux-mêmes », comme on se plaît à dire sans trop approfondir.

De fait, on pourrait s'adonner là à des jeux de logiciens : si c'est de la masse unanime des imbéciles qu'on tient qu'ils se voient eux-mêmes majoritaires, cette paradoxale lucidité fait alors d'eux des gens singulièrement intelligents. À moins, bien sûr, que, stupides par nature, ils ne se soient égarés une fois de plus, et que les imbéciles ne soient finalement pas le plus grand nombre. Etc. Mais laissons ces controverses aux escholiers du Paris médiéval. Non qu'ils fussent plus stupides que nous, ni d'ailleurs plus intelligents. Cela, ils l'étaient tout autant, mais autrement, et l'on a pu voir en passant que de l'intelligence et de la sottise ils avaient eux aussi leur idée. Abélard vous l'aurait dit ou, deux cents ans plus tard, une belle tête comme Guillaume d'Ockham. Ne perdons jamais de vue cette donnée essentielle : toute pensée s'inscrit dans l'air du temps, tout comme la durée unique que vit chacun s'inscrit dans la durée collective. Cela même rend prudent à l'égard de tout ce qui apparaît comme un absolu. De ce qui apparaît, mais aux yeux de qui et à quel moment ? En fait, tout est là.

Au travers de tant de citations, et dont on aurait pu accroître le nombre, on aura sûrement pressenti que la sottise, pour peu qu'on y réfléchisse, pose plus d'une question. Ainsi a-t-on pu constater qu'on peut à la fois passer pour « bien brave », au sens bordelais, et être cependant reconnu comme un puits de science sur tel point précis dont on est spécialiste. De même a-t-on vu que chaque milieu, chaque couche sociale a son style de sottise : « Il y a une connerie de classe », me disait fort justement un de mes collègues, un homme de gauche lucide. Il semble fatal qu'on soit toujours à un moment donné l'imbécile de quelqu'un. Statistiquement, on aurait même de fortes chances d'être un jour le crétin de quelque connard, pour dire cela dans le beau langage. Ce qui serait plutôt distrayant, encore que peu éclairant quant à notre statut authentique en ce domaine.

Toujours est-il que cette omniprésence d'une sottise qui surgit sous tant de formes, à la façon de ces entités maléfiques des vieilles légendes, décourage de la vouloir définir en tant que telle, comme l'a bien vu Milan Kundera. Ne serait-ce pas prendre là le risque d'y basculer, comme il arrive quand on veut trop bien faire ? Cela, à mon sens, pour bien des raisons, à commencer par le fait que traiter quelqu'un, disons, de sot exprime la réaction d'un individu, vous, moi, un autre, qu'agace, navre, en tout cas déçoit le comportement d'un ou de plusieurs de ses semblables. Il en attendait autre chose. Quoi ? À n'en pas douter, une conduite conforme à ce qu'aurait été la sienne en pareille situation. Or quoi de plus différent qu'un semblable ? Il s'agit donc d'un jugement purement subjectif dénonçant ce que tel individu tient pour un manque, une erreur, une faute, une carence. D'un jugement conditionné dans une certaine mesure par l'appartenance à tel milieu, influencé en tout cas par l'opinion qui y règne. Ainsi en est-il, par exemple, du « politiquement correct ». Mais il s'agit d'un jugement que ne vérifie ni n'infirme aucun recours à quelque critère objectif, comme lorsqu'on se réfère à telle règle de géométrie pour résoudre un problème.

Dans toute situation où se profère un jugement de « sottise », il s'agit donc de l'affaire de chacun. Quand Dupont-Lajoie considère Jean Tartemol, disons, comme un imbécile, il n'est pas impossible que Tartemol en pense autant de Dupont-Lajoie, sinon pis, et que Jules Dubois pense de même des deux à la fois. Cela d'autant mieux que tel peut apparaître sot d'un certain point de vue et pas du tout d'un autre, et que celui qui le juge tel, s'il vit calfeutré dans ses certitudes, encourt lui aussi le risque d'être vu ainsi à tout instant.

D'où ce caractère polymorphe à l'infini de la sottise, un mal parmi tant d'autres, décourageant toute prétention à l'enfermer en quelque concept exhaustif, autrement dit de parvenir à un accord universel sur ce que serait en son essence, comme on dit dans le patois des philosophes, *la* sottise. Si quelqu'un y avait réussi, cela se saurait.

Si pourtant de la sottise omniprésente et poly-morphe on tenait à proposer à tout le moins une image, la plus adéquate ne serait-elle pas la « sphère » de Pascal – et avant lui d'Hermès Tris-mégiste ; la sphère « dont le centre est partout et la circonférence nulle part » ? On me dira que c'est là pousser un peu loin le pastiche, mais ne voit-on pas mieux ainsi que la multitude de ces jugements-là procède à tout instant d'une infinité de sujets personnels disparates, et que tous ces jugements n'en prétendent pas moins à l'universel ? C'est ainsi qu'une myriade d'êtres uniques prétend à tout ins-tant décider de la sottise éventuelle d'autres sujets tout autant uniques, chacun l'étant à sa façon, et tous assurés les uns comme les autres de penser juste. Sans doute en a-t-il toujours été ainsi depuis la découverte de la subjectivité.

Reste qu'il peut sembler apaisant, voire gra-tifiant pour l'esprit d'intégrer la sottise dans un ensemble cohérent. Le plus simple ne serait-il pas alors, comme l'a fait, entre autres, Milan Kundera, de regarder la sottise comme faisant partie de la « nature de l'homme » ? « Inséparable de la nature humaine, la bêtise est avec l'homme constamment et partout ; dans la pénombre des chambres à coucher comme sur les estrades illuminées de l'Histoire » (*Le Rideau*). Cela même aurait l'intérêt de nous éclairer quant à la conduite à tenir au jour le jour à son propos. Et si disparates sont les définitions de l'« humaine nature » que nous n'y risquerions pas grand-chose.

S'il en va ainsi, le plus sage ne serait-il pas de « faire avec », comme on dit de nos jours ? Au reste, n'est-ce pas là ce que faisait Horace l'épicurien dans la *Satire* IX, celle qu'on dit « du fâcheux », et que, songeant à tel film, on dirait aujourd'hui « de l'emmerdeur » ? C'est ce que fait aussi au jour le jour, comme il le dit au livre II de ses « exercices spirituels », l'empereur stoïcien Marc Aurèle. Dès le petit matin il s'attend à rencontrer un casse-pieds, un ingrat, un insolent, un faux-jeton, un envieux, un égoïste… Il eût été bien étonnant qu'il n'attendît pas également la visite de quelque imbécile soucieux de se faire remarquer du prince, voire de lui suggérer quelque idée politique absolument géniale. Car l'imbécile a ceci de particulier qu'il ne doute jamais de soi, ni du bien-fondé de ses initiatives. Il doit passer de bien bonnes nuits.

Pour autant, cette résolution de « faire avec » n'implique en rien la passivité à l'égard de la sottise. Il est toujours bon d'être en alerte, de se tenir aux aguets. Voire de tirer parti de la sottise d'autrui : Lénine parlait des « idiots utiles ». De la sottise on peut même se distraire, comme il ressort du savoureux *Dîner de cons* que nous devons à Francis Veber, où le con n'est pas toujours celui qu'on pense. Un film qu'il faut revoir de temps en temps, ne serait-ce que par hygiène.

Gardons-nous, en effet, de jamais oublier que nul ne se défausse absolument de la sottise, toujours prête à envahir la façon dont on regardait pas plus tard qu'hier les choses et les gens. On n'est que trop tenté de reconduire à son profit la maxime selon laquelle « la sottise, c'est les autres ». Des textes que j'ai mis sous les yeux de mes lecteurs, il ressort que nul en ce monde ne s'en peut croire exempté du seul fait d'être lui et pas l'autre ni les autres. Qui se trouverait à le penser, ne fût-ce qu'un instant, démontrerait par là même, et de façon apodictique, que nul parmi les humains ne saurait échapper au péril de la sottise, certains y étant plus exposés que d'autres. On ne démontre jamais si bien le mouvement qu'en marchant.

Vingt-huit siècles qu'on en parle…

Abélard : 1079-1142.
Alain : 1868-1951.
Amadou, Jean : 1929.
Anouilh, Jean : 1910-1987.
Appien : v. 95-v. 175.
Apulée : 125-180.
Aragon, Louis : 1897-1982.
Aristote : 389-322.
Augustin, saint : 354-430.
Balzac, Honoré de : 1799-1850
Baudelaire, Charles : 1821-1867
Baudrillart, Alfred : 1859-1942.
Bazin, Hervé : 1911-1996.
Boccace : 1313-1375.
Boileau, Nicolas : 1636-1711.
Bonaventure, saint : 1217-1274.
Céline, Louis-Ferdinand : 1894-1961.
Chateaubriand, François René de : 1788-1848.
Chrétien de Troyes : 1135-1183.
Cicéron : 106-43.

Cioran, Emil : 1911-1995.

Claudel, Paul : 1868-1955.

Cocteau, Jean : 1889-1963

Congar, Yves : 1904-1995.

Dac, Pierre : 1893-1975.

Dante : 1265-1321.

Démétrios le Cynique : Ier s. ap. J.-C.

Descartes, René : 1596-1650.

Diderot, Denis : 1713-1784.

Dostoïevski, Fedor : 1821-1880.

Druon, Maurice : 1918-2009.

Ecclésiaste : IIIe s. av. J.-C.

Eco, Umberto : 1932.

Épictète : 50-126.

Fénelon : 1651-1715.

Flaubert, Gustave : 1821-1880.

Fouilloux, Étienne : 1941.

Goethe, Johann Wolfgang : 1749-1832.

Héliodore : IIIe ou IVe s. ap. J.-C.

Héraclite : 540-480.

Hésiode : v. 700 av. J.-C.

Hugo, Victor : 1802-1885.

Huxley, Aldous : 1894-1963.

Huysmans, Joris-Karl : 1848-1907.

Jankélévitch, Vladimir : 1903-1985.

Job : IVe s. av. J.-C.

Kundera, Milan : 1929.

Laclos, Choderlos de : 1741-1803.

Larbaud, Valery : 1881-1957.
La Rochefoucauld, François de : 1613-1680.
Lucien de Samosate : 115-180.
Lucrèce : 98-55.
Machiavel, Nicolas : 1469-1527.
Malraux, André : 1901-1976.
Marc Aurèle : 121-180.
Martin du Gard, Roger : 1881-1958.
Mauriac, Claude : 1914-1996.
Mauriac, François : 1885-1970.
Molière : 1622-1673.
Montaigne, Michel de : 1533-1592.
Montherlant, Henry de : 1895-1972.
Nothomb, Amélie : 1967.
Ormesson, Jean d' : 1925.
Ortega y Gasset, José : 1883-1955.
Pascal, Blaise : 1623-1662.
Pétrone : 30-68.
Platon : 427-347.
Pline le Jeune : 61-114.
Plotin : 205-270.
Plutarque : 46-120.
Polony, Natacha : 1975.
Proust, Marcel : 1871-1922.
Psaumes : Ve s. av. J.-C.
Rabelais, François : 1494-1553.
Retz (cardinal de) : 1613-1679.
Revel, Jean-François : 1924-2006.

Romilly, Jacqueline de : 1913.
Rousseau, Jean-Jacques : 1712-1778.
Saint-Simon, Claude de : 1675-1755.
Schopenhauer, Arthur : 1788-1860.
Sénèque : v. 4 av. J.-C.-65.
Simonide : 556-468.
Siracide : IIe s. av. J.-C.
Sophocle : 496-405.
Spinoza, Baruch : 1632-1677.
Stendhal : 1783-1842.
Stobée : Vᵉ s.
Synésios de Cyrène : v. 370-414.
Talleyrand, Charles de : 1754-1838.
Thomas d'Aquin, saint : 1225-1274.
Thucydide : v. 460-399.
Unamuno, Miguel de : 1869-1937.
Valéry, Paul : 1871-1945.
Vauvenargues, Luc de : 1715-1747.
Voltaire : 1694-1778.

Table

Du même auteur :

Aux éditions Albin Michel

De l'amour, de la mort, de Dieu et autres bagatelles,
   entretiens avec Christiane Rancé, 2011.
Connais-toi toi-même... et fais ce que tu aimes, 2012.
L'homme qui riait avec les dieux, 2013.

Chez d'autres éditeurs

Le Caractère de Pascal, PUF, 1962.
De la banalité. Essai sur l'ipséité et sa durée vécue,
   Vrin, coll. « Problèmes et controverses », 1966 ; 2e éd.,
   2005.
Introduction à la philosophie générale, SEDES-CDU,
   1969.
Dictionnaires des grandes philosophies, sous la dir.
   de L. Jerphagnon, Privat, 3e éd., 1989.
Vivre et philosopher sous les Césars, Privat, ouvrage
   couronné par l'Académie française, 1980.

Vivre et philosopher sous l'Empire chrétien, Privat, 1983.

Julien, dit l'Apostat, Le Seuil, 1986 ; 3ᵉ éd. Tallandier, 2010.

Histoire de la Rome antique, 4ᵉ éd., Tallandier, 2010.

Du banal au merveilleux, Mélanges offerts, *Les Cahiers de Fontenay*, nᵒ 55-57, 1989.

Histoire de la pensée, « D'Homère à Jeanne d'Arc », Tallandier, ouvrage couronné par l'Académie des sciences morales et politiques, 4ᵉ éd., 2011.

Les Divins Césars. Idéologie et pouvoir dans la Rome impériale, Tallandier, 2ᵉ éd., 2004 ; Hachette Littératures, 2009.

Œuvres de saint Augustin, Gallimard, « Bibliothèque de la Pléiade », 3 vol., ouvrage couronné par l'Académie française, 1998-2002.

Saint Augustin. Le pédagogue de Dieu, Gallimard, coll. « Découvertes », 2ᵉ éd., 2007.

Les dieux ne sont jamais loin, Desclée de Brouwer, 2ᵉ éd., 2006.

Augustin et la Sagesse, Desclée de Brouwer, 2006.

Au bonheur des sages, Hachette Littératures, 2007.

La Louve et l'Agneau, Desclée de Brouwer, 2007.

Entrevoir et vouloir : Vladimir Jankélévitch, La Transparence, 2008.

La Tentation du christianisme, avec Luc Ferry, Grasset, 2009.

C'était mieux avant suivi du *Petit Livre des citations latines*, Tallandier, 2012.

Les Armes et les mots (*Histoire de la Rome antique*; *Les Divins Césars*; *Histoire de la pensée*), coll. « Bouquins », Robert Laffont, 2012.

En CD audio

Paul Veyne. Sur l'Antiquité (commentaire de Lucien Jerphagnon), INA-Textuel, 2008.
Les Grandes Heures (entretiens avec Raphaël Enthoven), INA-Radio France, 2012.

Le Livre de Poche s'engage pour l'environnement en réduisant l'empreinte carbone de ses livres. Celle de cet exemplaire est de :

200 g éq. CO₂

Rendez-vous sur
www.livredepoche-durable.fr

PAPIER À BASE DE
FIBRES CERTIFIÉES

Composition réalisée par DATAGRAFIX

Achevé d'imprimer en décembre 2012 en France par
CPI BRODARD ET TAUPIN
La Flèche (Sarthe)
N° d'impression : 71402
Dépôt légal 1ʳᵉ publication : janvier 2013
LIBRAIRIE GÉNÉRALE FRANÇAISE
31, rue de Fleurus – 75278 Paris Cedex 06

31/7417/4